KB026707

참 오래 쓴 가위

이 희 중 시 집

문학동네

컴컴한 뱃길에

드문 등대가 되어준 사람들에게,

그들의 환한 영혼에게

자서

나는 조금씩은 자라고 있다. 그렇게 믿고 싶다. 이런 믿음조차 없다면, 이, 만들다 만 세상과 크다 만 자신을 어떻게 견디며 살아갈 수 있겠는가. 설령 이 믿음이 기만과 허위로 호도된 것이라 할지라도 다른 도리 없다. 그러므로 내 시는 한정 없이 어리석을 뿐. 내 삶의 보이지 않는 차꼬를 더듬는 세월 동안 나는 더 고약한 삶의 덫에 걸린 사람들을 만났다. 그 덫은 대개 사랑이라는 아름다운 재료로 만들어진 치명적인 흉기였다. 기껏해야 위로말고 내가 무얼 할 수 있었겠는가. 그러므로 내 시는 참담할 뿐. 이런 곳에서 사랑과 화해와 행복과 금연에 대해서는 더 말하고 싶지 않다. 나는 이제 나를 포함한 사람들이 무슨 짓을 한다 해도 놀라지 않는다.

2002년 봄

이희중

차례

자서

1부

맹수 15

오늘의 노래 16

대웅전 뒤편에 앉다 18

변산 20

욕에 관한 고찰 22

이 가을 이후 24

재앙은 어떻게 오는가 26

탱자 익을 무렵 28

설악에서 겨울을 끌고 나오다 30

행방 32

瀟灑園에서 34

수색의 다른 나 36

결국 제 길을 간다 38

내 시에는 새가 날지 않고 40

2부

분당의 가을 43

참 오래 쓴 가위 44

오늘, 은행나무는 해방되었다 46

水鐘寺 漫筆 47

가시나무, 영원하라 50
거리는 광휘로 가득하다 52
돌아보면 혼자였다 54
기차는 소리없이 먼 데서 달려오고 55
세상횟집 56
카페 쌍화점에서 58
겨울 아침 이야기 60
거기, 그들 62
분당에 내린 마지막 눈 64
분당에서 울다 66
꿈, 낯선 별에서 68
까치밥 70
盲目의 오늘 71

3부

거래 75
마음의 핵발전소 76
복사나무는 오래 살지 못한다 78
내 안의 어린아이 80
추락 연습 82
너 거기 있느냐 83
첫눈 84
생일 85
전언 86

먼 별　88

서쪽에 집을 짓고　89

석류를 산 내력　90

통화　92

다시 만나리　94

사막이 되지 않기 위해　96

한번 등 돌리면　98

4부

아름다운 진리　103

밤의 소리　104

치명적인 바람　106

숯　107

내 생애의 무지개　110

오래 바다를 보니　112

마침내 바보가 되다　114

끝나지 않는 노래　116

불빛, 그리움　118

해설 | 홍용희 _ 살아 있는 현재의 구현과 향유　119

1부

맹수

네가 나를 안으려고 한다면
나는 지금, 여기 가만히 서 있을 것이다
네 손이 내 어깨에 닿을 때까지
가슴을 떨며, 맥박을 서두르며 기다릴 것이다

네가 나를 쏘려고 한다면
나는 민첩하게 지금, 여기서 다른 곳으로 피할 것이다
그리고 네 손가락이 움직이기 전
내 손가락을 먼저 움직일 것이다

네가 장차 내게 무엇을 하려는지 잘 알 수 없다면
나는 지금, 여기서 어두운 곳으로 천천히 몸을 옮길 것이다
한시도 네게서 눈을 떼지는 않을 것이다

오늘의 노래

—故 이균영 선생께

심야에 일차선을 달리지 않겠습니다
남은 날들을 믿지 않겠습니다
이제부터 할 일은, 이라고 말하지 않겠습니다
건강한 내일을 위한다는 핑계로는
담배와 술을 버리지 않겠습니다
헤어질 때는 항상
다시 보지 못할 경우에 대비하겠습니다

아무에게나 속을 보이지 않겠습니다
심야의 초대를 기다리지 않겠습니다
신도시에서는 술친구를 만들지 않겠습니다
여자의 몸을 사랑하고 싱싱한 욕망을 숭상하겠습니다
건강한 편견을 갖겠습니다
아니꼬운 놈들에게 개새끼, 라고 바로 지금 말하겠습니다
완전과 완성을 꿈꾸지 않겠습니다
그리하여 늙어가는 것을 마음 아파하지 않겠습니다
다만 오늘 살아 있음을 대견해하겠습니다

어둡고 차가운 곳에서 견디기를 더 연습하겠습니다

울지 않겠습니다

대웅전 뒤편에 앉다

신발을 벗고 그대가 환하고 거룩한
금빛 부처와 보살을 알현할 때
나는 심우도를 곁눈으로 보며 높고 큰 가람 뒤로 간다
물건이 크면 그늘도 깊은 법

거기 밝은 곳에 어울리지 않는 사람들을 위해
이름 없는 부처와 보살들이 낮게 계시니
나는 곁에 쪼그리고 앉아 웃음을 배운다

그대가 저 크고 높고 환한 것들에 지친다면
들른 어느 절에서든
가장 높고 큰 물건의, 축축한 뒤켠에서
그대가 원하는 부처와 보살을 만날 수 있다

산과 인간의 접경
구경꾼들이 깨뜨린 적요가 쓸려 있는 변방
항상 그늘인 바위틈에 이끼들이 묻어 사는 오지

더러 쓸모 잃은 집기가 쌓여
거미의 寓居가 된 폐허
삼배도 오체투지도 믿음도 필요 없이
다만 쪼그려 앉아 음지의 섭리를 익히는,

만약 비가 내린다면
잠깐 맺힌 것들이 어떤 모습으로 낙하하다가 흩어지는지
더 낮은 곳에서 다시 맺혀 흐르게 되는지,
그 속도와 무게의 변화만 아니라 영원까지 엿볼지도 모를 일

그대는, 아직 웃음을 다 배우지 못한 나를
일으켜세워 남은 길을 재촉해도 좋고
같이 주저앉아 눈을 감아도 좋다
그대의 부처와 내 부처가 같아도 좋고
서로 달라도 상관없다
이곳에서 시간은 오래 전부터 고여 있는 것이 확실하다

변산

속세를 등지려는 사람은 한번 들를 만한 곳
바다 건너 영영 떠나지는 못하고
조금 멀어져보아, 저 풍진
별일 있는지 없는지 한번 재어보기 좋은 곳
여차하면 돌아갈 수도 있다고
등 돌린 세상을 팔짱 끼고 먼 눈으로 볼 수 있는 곳
낮아지는 평원 가장자리
바다가 나타나야 할 자리에 갑자기 솟은 산들
이대로 네 밑으로 들어갈 수는 없다고
땅이 바다와 날카롭게 부딪히며 기싸움 하는 곳
바다가 배경으로 어울리지 않는 튼튼하고 굵은 산들
키가 비슷한 봉우리들이 어깨동무하고 몰려 있는 곳
세상에 등 돌린 채 저희끼리 쑥덕이는 큰 돌들
그들 발목과 정강이 틈을 비집고
들어가보면 파도 소리 하나 들리지 않는
심산유곡 적막강산, 홀로 완전한 땅
사람을 잃고 그 그리움조차 잃고

사람 사랑하는 마음을 잃고 그리워하는 나조차 잃고
참말 혼자서 한번 둘러볼 만한 곳
그래서 어두운 기분을 확실히 어둡게 할 수 있는 곳
바다를 보던 눈으로 산을 보고
산을 보던 눈으로 바다를 볼 수 있는 곳
한 눈으로 바다를, 남은 눈으로 산을 보는 새들
그 새들이, 옷 갈아입고 이제 마음까지 갈아입으려는
사람을 내려다보며 본능의 자유를 엄숙히 시범하는 곳
문득 다 내려놓고 주저앉고 싶은 곳
섬보다 더 먼 곳, 내 곁의 저 세상
그러다 지치면 한 스무 해 벼린 창과 칼을 들고
세속에 나와 다 쳐부술 큰 마음 키워줄
저 叛逆의 아름다운 이름

욕에 관한 고찰

많은 사람들이 제 가족보다 귀여워하는
개, 개새끼, 개자식이 왜 욕인지 알려면
씨가 왜 욕인지를 알아야 하지요
씨 뒤에는 팔이 숨어 있고
앞에는 지 에미와가 숨어 있지요
그러니까 유치원 아이들이나
점잖은 숙녀가 기분 나쁠 때 에이, 씨라고 하는 걸
한사코 말려야 하지요
정말 더할 수 없으니까요
사람이 아니라는 말입니다
정확하게 짐승과 안 짐승을 가르는
그 자리를 겨누고 있지요
제미랄이라고 더 친절하게 줄인 욕도 있고요
뜻이 뭔지도 모르고 멋 삼아 쓰는
제기랄도 한가지이지요
재기랄이라고 쓰는 게 더 맞을 겁니다
이건 위가 아니라 아래쪽을 향하고 있군요

재비랄도 있을 법한데 못 들어봤습니다
과연 이 정도는 돼야 욕이라고 하겠지요
개는 바로 이런 짓들을 정말 하지요
아주 기분 나쁠 때 아니면 씨 어쩌구라고 하지 말고
아주 나쁜 년놈 아니면 개 어쩌구라고 하지 맙시다

이 가을 이후

저 은행잎들 다시는 지지 않도록
다시는 풍경이 말하는 일이 없도록
밤하늘을 가득 채운 숨은 별들 다 드러나지 않도록
세상 모든 별들을 끝내 사람들이 다 보지 못하도록
담배 연기가 지상에서 사라지지 않도록
제발, 불꽃이 사람 근처를 떠나지 않도록
한번 저지른 모진 죄를 언제까지나 용서하지 않도록
아무하고나 화해하지 않도록
잃어버린 물건은 다시 찾을 수 없도록
헤어진 사람과 다시 만나는 일이 없도록
수억 년 동안 시달려온 저 지친 은행잎들
다시 지지 않도록
다시는 물들지 않도록, 다시는 수직낙하하지 않도록
그래도 지지 않을 수 없다면 새잎으로 다시 피지 않도록
저들의 야합과 의리가 끝장나지 않도록
사람이 사람으로 다시 태어나지 못하도록
사람이 아닌 무엇으로도 태어나지 않도록

설사 새로 태어난들 서로 알아보지 못하도록

옛날옛날 그가 풍경 속에 숨긴 것을 사람들이 찾지 못하도록

정말 그가 무엇을 숨겨놓기나 한 것인지도 믿지 못하도록

갖은 풍문이 풍문일 뿐임을 깨닫지 못하도록

이 게임의 법칙을 되새기지 못하도록

이미 잠깬 이 도로 잠들지 않도록

아직도 자는 이 깨어날 필요 없도록

사랑의 빈틈이 다 채워지지 않도록

결코 사랑이 완성되지 않도록

그래서 사랑이 할 일을 잃지 않도록

저 은행 노란 잎들 새 아침까지 지지 않도록

어지간하면 새 아침은 오지 않도록

지금 듣는 네 웃음소리, 또는 저 은행잎들 오늘처럼 찬연하도록

재앙은 어떻게 오는가

성월 초하루에 재앙이 온다는데, 아는 집은 생수를 여러 상자 사두었다는데, 이웃들은 가스와 라면을 다 챙겨두었다는데, 동생네는 그릇마다 물을 받아두었다는데 아내는 걱정을 했다 나는 반평생을 아파트에 살아오면서, 때때로 친절한 단수 통보를 마음 깊이 새겨 욕조 가득 물을 받아둔 적도 있었지만 옥상 물탱크가 다 비기도 전에 번번이 다시 물이 나와 받아둔 물을 아깝게 버렸다고, 혹 한나절 물이 안 나와도 크게 불편하지는 않더라고 웃으며 말했다 생수와 라면상자를 사서 집에 쌓아두고는 혼자 편히 자는 일이 별로 내키지 않는다고, 꼭두각시처럼 구는 수선이 싫다고 궁한 이유를 대면서 말하지는 않았다 이유가 있어서라기보다는 우선 내 방식이니까 우리가 무슨 대단한 컴퓨터 천국에 산다고, 몇 대의 컴퓨터가 망가진다고 밥도 먹지 못하겠느냐고, 컴퓨터를 모르는 놈들은 아차 하면 컴퓨터가 터미네이터가 되는 양 생각하지만 그건 한낱 기계일 뿐이라고 냉소하며 말하지도 않았다 세상 만사가 그렇지 않던가 아직도 모르는가 재앙은 만인이 알도록 서툴게 오지 않는 법, 진정한 재앙은 단

숨에 적을 제압하여 숨통은 끊은 후 폐허만을 남기고 한숨 소리도 들리기 전에 흔적 없이 사라지는 법 호들갑 좋아하는 저 양치기 같은 방송과 신문은 틈만 나면 사람들을 가지고 놀려 하니 겁주는 놈이나 겁먹는 놈이나 바보스럽기는 매한가지 예측된, 예측되었기 때문에 이미 아닌 재앙을 덩달아 예측해 생수와 라면과 가스를 챙기는 사려 깊은 우리는, 날마다 길을 내느라 뽑히는 나무들과 밟히는 벌레, 물길이 막혀 길을 잃은 물고기와 함부로 버린 비누거품과 음식 쓰레기가 몰래 데려오고 있는 진정한 재앙은 자주 걱정하지 않는다 정월 초하루가 지나고 또 며칠이 지나도 세상은 여전하여 아내와 나는 슬쩍 웃고 넘어갔지만 나는 속으로는 사실 많이 걱정한다네 진정한 재앙이 온 어느 아침, 우리들의 집에는 쌀 한 톨 없고 성냥 한 개비 없을지니, 설사 생수와 가스통이 트럭으로 있어도 손쓸 수 없을지니

탱자 익을 무렵

푸를 때 탱자는
가시와 잎에 가려 잘 보이지 않는다
가을 중턱에서
잎들이 노랗게 변하기 시작하면
탱자도 그만큼만 노랗게 변한다
솜털도 노랗게 변한다
그래서 아직도 잘 보이지 않는다

탱자는 동그랗다
그러나 사람이 만든 무엇처럼
아주 동그랗지는 않다
달만큼 해만큼만 동그랗다
아주 동그란 것은 원래 없었다

동그란 탱자를 가시가 지킨다
가시는 뾰족하다
그러나 사람이 만든 무엇처럼

아주 뾰족하지는 않다
찔려서 아프고 말 만큼만 뾰족하다
아주 뾰족한 것도 원래 없었다

가시는 탱자가 다 익을 때까지만 탱자를 지킨다
잎이 지면 가시는 별 쓸모가 없다
다 익으면 탱자는 잘 보인다
온갖 원숭이들이 용케 알고 몰려와
다 익은 탱자를 딴다
그 속에 여문 씨앗이 들어 있다
원숭이들은 씨앗에는 관심이 없다
가시들은 웃으면서 소동을 지켜본다

설악에서 겨울을 끌고 나오다

기왕 머리 깎았으니
열 달을 마저 채우겠다고 버티는 놈을
호주머니에 우겨넣고 산을 나온다

서쪽으로 닫는 찻길
깜빡 잠들었다 깨니
창 밖으로 머리가 노랗게 센
어깨와 몸통도 노랗게 센
낙엽송들이 산기슭에 줄줄이 모여 서서
말없이 이쪽을 본다
그 먼 눈초리가 평안하지 않다
며칠 후면 필경
그들의 노랗게 센 머리가 다 빠질 것이다

다시 잠들려다가
등이 서늘해 돌아보니
차 지나온 세상 가득 눈보라가 친다

눈보라 속으로
바로 지금 노란 머리를 흩뿌리며
걸친 노란 옷까지 훌훌 털어버리는
좀 전 그 낙엽송, 벌써 뼈들만 남아 흔들리고 있다
지금 이 차는 나를 싣고
가을과 겨울의 경계를 밀고 간다

석 달 후 나는 놈을 다시 산으로 보낼 것이다
주머니 속에서 코 고는 소리가 난다

행방

너는 어디 있었나 우리가 자주 세상의 끝을 떠올릴 때 새들은 땅에 앉지 않고 아무것도 우리를 위해서는 내려앉지 않고 따가운 햇살 아래서 눈뜨지 못해 엎드려 흙이 되고 있을 때 장차 기어가야 할 곳을 알지 못할 때 네 눈은 어딜 보고 있었나 낯선 사람들의 거리에서 피 흘릴 때 피를 멈출 내 손마저 상했을 때 네 손은 무얼 만지고 있었나 이어 비는 퍼붓고 우리 누구에게도 우산이 없을 때 갈 곳 몰라 아무 문이나 두드리며 기웃거리며 하루치의 사랑과 온기를 구걸할 때 네 품은 무얼 안고 있었나 역사는 밝고 사역의 날은 길어 땀 속에 핏방울이 섞여 흐를 때 어떤 계절은 감당할 수 없이 아름답고 그래서 더, 한 몸 가눌 마음조차 손아귀에 남지 않았을 때 너는 어느 꼭대기에서 가볍게 흔들리고 있었나 너의 아름다움과 따뜻함은 풍문 속에만 있어 모든 풍문이 거짓이라는 풍문을 더 믿고 싶을 때 우리의 더러움과 차가움을 더 참을 수 없을 때 너 어디 깨끗한 물가에 있었나 깨끗한 물로 흐르고 있었나 혹 네 처소도 우리처럼 더럽고 축축하고 불길했던가 조금씩 우리가 시원의 먼지로 되돌아갈 때 지워져갈 때 당장

하얗게 지워지고 싶을 때 마침내 지워져버렸을 때 너도 어디선가 우리처럼 지워지고 있었나 이미 오래 전 지워지고 없었나 정말 너는 그때 어디 있었나

瀟灑園에서

계절의 깊이를 가늠할 수 없던
오후, 세상이 가파르게 기울던 오후
제주 양씨가 살아서 공들인 해묵은 뜨락에 선다
시내는 수백 년을 한자리, 돌 사이로 흘러
낡은 다리가 놓인 자리를 뜻깊게 하는데
사람들은 계단을 몰라 축담 근처를 서성인다
지금까지 살아온 나무들은
도대체 죽지 않을 양 오늘도 씩씩하게 자라며
새로 추워지는 날씨에 다만 안색을 꾸밀 뿐
바로 곁에서 그들의 죽은 조상은
도대체 썩지 않을 양 기와 따위를 첩첩 들고 있다
신음 하나 없이 문명 또는 운명을 이고 있다
들어설 때 보아서 이 뜨락은 산에 안긴 듯했는데
들어오니 산은 아직 시작도 못하고
마당 끝 어디에 겨우 걸쳐 있다
사람은 산을 사랑하나 산은 사람을 사랑하지 않는 법
그래서 瀟灑翁은 세상 쪽으로만 담을 쌓고

산 쪽으로는 삼가여 담을 쌓지 않았다
뜨락이 내내 산으로 열려 있는 동안
제주 양씨는 후손들이 지어준 아주 작은 산 안에
누워 있었을 텐데 지금 쉽게 보이지 않는다

수색의 다른 나

늙으신 어머니 내 차를 타시면 귀한 부처와 보살을 외시고 내게 악귀 쫓는 진언을 권하시네 어머니, 저를 혼자 두지 마세요 눈 어두우신 어머니 여기가 어디냐 수색이에요 청명한 기억력으로 그래, 우리 서울 올 때 집 싼 데 고르다가 수색에 올 뻔했단다 그랬구나 어머니, 그때 수색으로 왔더라면 뭐가 달라졌을까요 아버지 그 직장 다니셨을 테고 어머니는 수색의 부엌에서 우리 밥 지어주셨겠지만 우리 남매는 모든 게 달라졌겠지요 저는 우이국민학교와 수유중학교를 다니지 않고 수색국민학교와 수색중학교를 다녔을 테구요 제가 아는 사람들이 다 바뀌었을 거예요 시를 쓰라시던 바둑이 선생님도 못 만났을 테구요 젊은 날 제 길을 어지럽게 했던 여자들은 만나지 않았겠지요 저는 스무 살에 결혼을 했을지도 몰라요 마침내 저는 뭐가 되었을까요 마음대로 수염 기르는 무명 화가가 되었을까요 어머니, 우리가 수색으로 오지 않아서 그 세월 동안 행복하셨어요 저는 모르겠어요 가끔은 전혀 다른 나를 생각하지요 수색의 거리는 저를 바꾸었겠지요 곱던 어머니 생각에 잠기시네 전혀 다른 얼마나 많은 사람들과 크고 작은 일들이 우리 가족을 스쳐갔을까 그러나 이제 나는 스스로 살 곳을 마음대로 하지 못하는 처지가 되어버렸네 수색이 아닌 곳에서 이미 너무 많은 길을 걷고 너무 많은 사람을 만났으므로 저를 두고 멀리 가지 마세요 어머니, 수색은 이제 다 지났어요

결국 제 길을 간다

어느 저녁 당신이 친구들과 질펀한 술자리에서 주량에 넘치는 술을 마시고 어깨동무를 풀기 싫어 밤새 한몸으로 비틀거렸다 한들, 좋은 계절 당신과 그들의 찬란한 여행은 계속되고 한아궁이에서 지은 여러 끼니를 나누어 먹으며 낯선 풍물에 똑같이 놀란 후 단체 사진을 수없이 찍으며 각별한 우애를 다졌다 한들, 개중 몇이 당신과 고향이 같거나 다닌 학교가 같음을 우연히 알아 평생 같은 편인 운명을 단단히 믿으며 수시로 밀담과 음모를 나누었다 한들,

당신이 좋아하는 영화나 노래를 똑같이 좋아하는 어떤 친구가 애초부터 자신과 같은 사람임을 섬광처럼 느꼈다 한들, 추운 날 따스한 잠자리가 아쉽던 당신이 또 어떤 친구와 한방에 들어 옷 속에 숨긴 몸을 다 꺼내 귀한 따뜻함을 나누었다 한들, 같은 일을 꿈꾸며 같은 일로 앓으며 마침내 꿈꾸던 일을 다 이루어 이들과 함께는 무슨 일이든 할 수 있다고 사람 좋은 당신이 한철 믿어 의심치 않았다 한들,

당신과 사람들 사이의 무엇이 오래 갈 텐가 결국 뿔뿔이 제 길을 가야 하지 술이 깨면 조각난 기억을 뒤지며 지난밤

의 실수를 걱정해야 하고 여행이 끝나면 어느 길목에선가 손을 흔들며 멀어져야 하고 밝아버린 잠자리를 둘러보며 버릴 것과 간직할 것을 가려야 하고 밀담과 농담의 틈을 들여다보아야 하고 영화나 노래 따위는 삶이란 톱질 끝에 흐른 톱밥임을 게다가 남의 톱밥일 뿐임을 깨달아야 하고 결국 어느 누구와도 함께 할 수 없는 무엇이 당신에게 남는다는 것을 뼛속 깊이 새겨야 하지

도대체 당신은 지금까지, 당신이 아주 오래 전 말할 수 없이 작은 모습으로 살아 있는 것들의 세계로 드는 문지방을 힘겹게 넘을 때, 자신을 둘러싸고 있던 어둠과 고요와 후텁지근함과 축축함과 외로움에서 얼마나 멀리 도망쳐왔는가 유감스럽게 당신에게는 혼자 걸어가야 할, 어둡고 고요하고 후텁지근하고 축축하고 외로운 길이 적어도 그만큼 남아 있지 삶은 그런 것 결국 당신은 찍소리 못 하고 제 길을 가야 하는 거지 그 슬픈 미래를 될 수 있으면 더 늦게까지 잊고 살았으면 하고 고작 바랄 뿐이지

내 시에는 새가 날지 않고

내가 스무 해 동안 쓴 시에는 새가 없는데
아무 상관없이 새는 수억 년을 날고 있다
그들의 조상은 팔을 비틀어 날개를 만들고
뼈를 깎아내 공기를 올라탔으나
내 조상은 단지 바람 같은 말을 만들었을 뿐
말로 다 짓고 허물 수 있다고 믿었을 뿐
어쩌다 나는 사람으로 태어나
날개 없이 입만 움직이며 살게 되었나

내가 스무 해 동안 쓴 시에는 새가 없고
그래서 내 머릿속에는 새가 날지 않고
내 도시의 밤하늘에는 별이 없고
내 하늘 아래에는 그리운 사람도 더 없고
요즈음 내가 낳은 아이들에게는 꿈이 없다

2부

분당의 가을

분당에 가을은 없다 이제 나는 분당에 살지 않는다 그러나 분당의 가을을 머릿속에 그릴 수는 있다 분당도 지상의 한 곳이므로 그곳에도 가을은 오는 것이다 분당에 살던 작년 이맘때 중앙공원에 갔었던가 그때 내 곁에 어떤 여자가 있었던가 아니다 그녀는 없다 밤거리에서 입을 맞추고 헤어진 여자는 애초 없었다 이런, 내가 있지 않은 공간을 다스리는 시간이 내게 무슨 의미가 있다는 말인가 여하튼 그때 나는 분당에 살아 있었다 이따금 나는 낡은 하얀 차를 몰고 서울 시내로 들어오곤 했다 고속도로가 꿰뚫은 청계산 나는 청계산의 가을을 조금 안다 체증에 짜증을 내며, 담배 연기를 뿜으며 나는 청계산의 가을을 보았다 청계산은 청계천과 아무 상관이 없다 플라타너스가 마지막 잎을 떨군 후 다가온 겨울에 나는 분당을 떠났다 이제 분당에 가을은 없다 지나간 가을은 얼마나 공허한가 지나간 시간은 또 얼마나 공허한가 지나간 사람은 눈과 코가 없다 내가 그곳에 없으므로 이제 분당에 가을은 없다 내 추억에 가을은 없다

참 오래 쓴 가위

참 오래 썼습니다
한 뼘 되는 가위
지금까지 많은 종이들을 헤어지게 만들었지요
그리고 마침내 스스로 자석이 되었습니다
클립이나 작은 못쯤은 거뜬히 들어올리지요
그래서 뭘 어쩌자는 걸까요
지상의 모든 자석들은 알고 있을까요
아무리 끌어당겨 몸에 붙여도
그런 식으로는 누구와도 한몸이 될 수 없는 일을요
스테인리스 스틸이라는 문신이 무색하지 않게
녹, 상처 하나 없이 잘 살아왔습니다
그리고 앞으로도 오래 가위로 살아가겠지요
때로는 너무나 특별한, 자석인 가위로

믿지 못하시겠다면
지금 당장 서랍을 열어 가위를 꺼내보십시오
압정을 들어올릴지도 모릅니다

당신이 가진 가위가 참 오래 쓴 가위라면

그리고 기억해보세요

어릴 적 배운, 자석을 만드는 세 가지 방법 가운데 하나

쇠붙이 두 개를 한쪽으로만 쉼 없이 마찰하기

오늘, 은행나무는 해방되었다

바로 오늘 모든 은행나무는 해방되었다
우연히 나는 보았다, 비바람이 불어
마지막까지 버티던 은행잎들이 다 졌다
시들어 말라비틀어지지 않고 싱싱하게 그들은 졌다
그때 나는 무심하게 바라보았지만
내 방에 돌아와 생각한다
하나도 비참하지 않게 가라앉던 은행잎새들
너덜너덜 질 줄 모르는 내 잎새들
어느 날 나도 그처럼 해방될 것이다, 설마
그 비바람 내 마음의 열린 창으로 들이치면
마지막까지 버티던 내 사랑도 무더기로 질 것이다, 제발
부서지기 전에 져버리는 지독함의 아름다움
나는 이길 수 있을까
이제 은행나무는 날아오를 것이다
그 은행나무에 새잎이 돋을 것을 나는 믿지 않는다
나도 날아오를 것이다, 이 믿을 수 없는

水鐘寺 漫筆

애초 수종사는 머리 위에 있습니다 산길에 접어들고서야 저는 기억해냅니다 이 가파른 길을 오르던 삼 년 전의 어느 오후를 말입니다 같은 모퉁이에서 땀을 식힌 지난 시간을 잊지 않았던들 무엇이 달라졌을까만

사람들은 숨찬 차를 중턱에 버리고 콧등이나 미간으로 기어오릅니다 그들은 꼭 높은 곳에 오르기 위해 모든 것을 버리는 용감한 짐승들 같습니다 그들 가운데 몇은 지난번에도 동행이었지요 딱따구리를 보는 척하며 멈춘 저는 숨을 고릅니다 저는 자꾸 그놈이 크낙새 같습니다 아니라는 동행의 말에 대꾸하지 않고 저는 그냥 크낙새로 믿기로 합니다 수종사 오르는 길은 사람의 길이 아닙니다 수레의 길이 끊어진 곳에 이마 너비만큼 사람의 길이 모나게 남아 있기는 합니다 저는 그 톱니를 밟고 이마 끝을 오릅니다 수레의 길 끝에 부려진 산사의 세간들도 쇠줄에 묶여 허공을 오릅니다

아직도 수종사는 머리 위에 있습니다 스님 몇은 쇠줄을 잡고 노역에 바쁜데 저는 마지막 톱니 위에서 황급히 합장을 합니다 그들은 아무것도 눈치채지 못하고 바삐 답례합니다

수종사의 쇠북은 손가락으로 퉁겨도 깨지는 소리가 납니다 매달린 이름들로 무거워서겠지요 이미 종이 아닙니다 비록 종이라 한들 종다운 종은 아닙니다 물 같은 종, 과연 삼 년 전에 여기를 제가 오기는 왔던가요 양수리 낮은 물들은 소문처럼 한 줄기로 만나는데 일찍 지는 해는 소문처럼 역시 대답이 없습니다 두 줄기로 나뉘는 것은 아닙니까 다시 저는 아무것도 기억나지 않습니다

수종사 중문 밖 위태로운 벼랑 쪽에는 타오르는 은행나무 두 그루가 있습니다 가지가 불꽃입니다 도나무 제이호 수령 오백이십오 년, 도나무 제오의 이십호 수령 오백이십 년 겨울이라 불꽃은 뼈다귀를 다 드러내고 있습니다 도나무 제일호는 또 경기도 어디에 있을까요 어떤 절은 나무가 주인입니다 수종사는 이 불꽃나무가 주인입니다 그래서 수종사는 뜨거운 머리를 이고 있는 셈입니다

환속한 중, 우연처럼 들러 옛 절 돌아보듯 모자로 길게 자란 머리카락 가리고 좁은 뜰을 고개 숙여 걷습니다 — 오래 전 잃어버린 그대, 오늘 다시 잃고 빙판마저 뛰어내려가노

라 다시 저는 수종사를 잊을 것입니다 여태 저는 아무도 정말 사랑하지는 않았으니까요 그리고 다시 찾아와 이 싱거운 시를 한 번 더 짓겠지요

가시나무, 영원하라

가시나무는 아직도 무언가를 그 너머에 지키고 있다 잎보다 많은 가시들은 내 기억의 나선 속에서 찌든 문서들을 찍어 꺼낸다 서른 해 동안 잊고 살았다 아직도 풀지 못한 가시나무의 비밀, 가시나무, 영원하라

저 무성한 가시들은 무엇을 지키고자 하는가, 가시나무는 무엇을 두려워하는가, 어떤 괴로운 기억을 가시나무는 가지고 있는가, 가시 속에서 익은 탱자는 누가 먹는가, 왜 밀감으로 진화하지 않고 가시로 사는가, 가시나무의 적의는 소극적인가 적극적인가, 또 그 적의는 누구를 향하는가, 푸른 가시도 광합성을 하는가, 누가 최초로 가시나무를 사람이 사는 집의 울타리에 옮겨 심었는가, 그는 어디를 잡고 가시나무를 다루었는가, 뿌리에도 가시가 있는가, 가시나무에 찔려 죽은 사람이 있는가, 죽은 가시는 고동을 먹을 때말고 어디에 썼는가, 소문처럼 가시나무 속에 가시나무새가 사는가, 이제 가시나무로 울타리 삼은 집은 지상에 몇 채나 남았는가

하얀 꽃이 핀 가시나무를 다시 찬찬히 본다 우리 식구는

오래 전 가시나무들이 지키는 초가에 살았다 그때 부모님은 지금 나보다 젊으셨고 아직 태어나지 않은 동생도 있었다 지킬 것을 알지 못했던 서른 해 전 그러나 그때 막연히 나는 얼마나 든든했던가 오로지 守勢로만 버티는, 장미의 가시처럼 장식이나 애교인 가시가 아니라, 아카시아의 가시처럼 욕망으로 무딘 가시가 아니라 현존하는 위기에 대한 효율적 경계 수지기들이 물샐틈없이 지키는 변방, 그 속의 침묵과 공허 예나 지금이나 가시나무는 가시를 만들 궁리만 한다 궁리를 지키며, 가시나무, 영원하라

거리는 광휘로 가득하다

아주 오래 전 나는 이 거리에서 작별했다
내 모습이 낯설다 진열장 유리에 비친 턱없이 밝은 외투
언제, 누가 이 거리를 씩씩하게 걸었다는 말인가
거리는 스스로 무엇을 기억하는 법이 없다 도무지
저장하지 않는다 나는 그 우울한 무심함에 대해
이제 무심하기로 한다 한때 우리는 싱싱한 이유로
이 거리가 쏟아내는 쓰레기와 그
고약한 냄새와 지독한 부피를 정확히 기억한 적이 있었다
지금 나는 그 짓을 가볍게 후회한다
이렇게 턱없이 밝은 외투를 어디서 구한 것일까
겨울의 하오 저 찬연한 석양이 우습다 간지럽다
나는 아름다운 세상의 풍경에 익숙하지 않다
이제 아무도 고개를 들고 노래하며 이 거리를 걷지 않는다
사람들은 갖은 종류의 전등을 갖은 이유로
갖은 시각에 갖은 방식으로 켜지만
더이상 걸어가지는 않는다 다만 고개를 숙이고 힘없이
가장 좁은 골목을 기어 집으로 간다

그들은 취해서도 자신의 집을 정확히 기억한다
다시 고개를 들고 너른 길을 노래하라, 라고 나는
말하고 싶지 않다 이 겨울날 석양이 드는 거리에서
나를 기억하는 사람은 없는 것이다 이 거리는
관념적으로 텅 비었다 아주 오래 전 나는 이 거리에서
젊은 벗들과 작별했다 그들의 젖은 구두와 지친 근육들과도
작별했다 영원히 만날 수 없는 것이다 그때 잘 가라, 벗들,
이라고 나는 말했던가 아닌가
나는 이제 붉은 어둠을 보면서 기억해낸다 그 순간
내가 스스로와도 작별했음을, 거리는 사실적으로 텅 빈다
그러나 누가, 도대체 언제 이 거리를 씩씩하게 걸었다는
말인가
거리는 아주 어둡고 나는 그것을 깨닫지 못한다
내가 깨닫지 못하므로 거리는 광휘로 가득하다

돌아보면 혼자였다
—한철 1

피가 붉다는 풍문을 믿지 않았다
눈에 비친 세상은 흑백이었다 사랑에 빠진 남자는
연인이 좋아하는 색깔의 옷을 입고 다녔고*
연인은 그가 입은 옷의 색깔을 알아보지 못했다
세상은 어딘가 구겨져 있었고 사람들은
그중 높은 곳을 함부로 걷다가 마구 굴러떨어져
낮은 곳에 쌓여 가만히 있었다 그러므로
지구가 둥근 것은 한낱 소문에 지나지 않았다
취해 길을 걸으면 언제나 벼랑에 닿았고
돌아보면 혼자였다 함께 술을 마시다가
돌연 흩어져 저마다 다른 골목을 헤매다녔다
색맹과 무지와 미로의 한철 지나고
색을 배우고 진리와 지혜를 배우고
이튿날 아침이면 다 잊어버리고 헛되이 색이 보인다고
지구는 둥글다고 거짓으로 떠들며
아는 길만 걸어다녔다 그사이 또 한철이 왔고

* 호이징가, 『중세의 가을』에서.

기차는 소리없이 먼 데서 달려오고
—한철 2

아침에 들고 나온 책을 저녁에 들고 들지 못했다
바람은 우리 어깨 사이로 불어 지나가고
잘 익은 사랑은 지척에 머물렀으나
말 붙이지 않는 세월을 견디지 못하고
새로 자라는 아이들의 이마와 볼만 붉게 물들였다
죽은 사람들은 책 속에서 순수하게 빛났고
산 사람들은 향수로 지린 제 몸을 숨겼다
더러 철길을 걸을 때 기차는 소리없이 먼 데서 달려오고
간혹 거기가 철교여서 몸 비킬 곳을 찾아 뛰거나
난간에 온몸으로 매달려 있기도 했다
기차가 더 빠른 속도로 더 소리없이 더 먼 데로 달려갈 때
옷을 털고 가던 길을 다시 걸었으나
이제 아무도 더 말하지 않았다
우리는 모든 것이 달라질 금빛 아침을 기다렸다
그런 아침이 있을 거라 믿지는 않았지만 그러면서 한철은
갔다

세상횟집

신중하게
그들은 세상을 먹는다

이미 지나간 칼날

무방비의 상태로
부드러운 세상의 살점은 그들 앞에 있다

그들은 자동문을 통해 여기까지 왔다
그들 식탁 위에는 저민 세상

서늘한 표정

가끔 그들은 손을 닦으며
세상을 컴컴한 소금물에 담근다

세상은 맛있다

먹어치운다고 세상이 없어지는 것은 아니다
자장면을 다 먹어치운다고 중국이 없어지는 것은 아니다
모름지기 음식은 상처 입지 않는다
다만 처지를 바꿀 뿐이다

때로 그들은 안경을 곱게 끼고 있다
세상을 먹기 전 먹는 중 먹은 후
적절하게 그들은 말을 나눈다
낮고 점잖게 그들이 말을 나눌 때 음식의 운명은 결정된다

세상횟집을 나서며
그들은 음식의 날씨에 대해
드디어 말한다 가볍게
그 말의 내용은 날씨에 따라 다르다

카페 쌍화점에서

—낮은 시대는 낮은 노래를 키운다

아무도 사랑의 빛깔을 믿지 않는다
오로지 붉은 서로의 몸을 보고 싶을 뿐
뜨거운 땀과 입김 속에서
손목과 가슴과 더 부드러운 몸을 오래 붙잡고 싶을 뿐
그 속에 깊이 몸을 숨기고 싶을 뿐
은밀한 눈빛을 준비하지 않았다면 그대는
절대로 이 카페에 들어올 수 없다네
아침은 지난밤의 모든 일을 지워주지
자고 난 자리를 돌아보지 말 것
기억은 일종의 고질, 영원히 이어질 뿐인 지금
내일은 더이상 없으므로
내일을 위해 오늘을 포기할 수는 없다네
기우는 세상, 구르는 사람, 자취 없는 사랑이여
밤마다 하수도가 넘치는 시대에는
끝없이 오늘의 담배를 피워야 하고
자욱한 연기 속 어딘가 있을
오늘의 짝을 찾을 뿐, 단지 오늘만을 위해 붉은 몸을 가진 그

어쨌든 시간이 흐른다는 것은
얼마나 다행스러운가 또 새로운 오늘 밤이 기다린다네
아직도 잃을 것이 있는 그대는
절대로 이 카페에 들어올 수 없지
기우는 시대에는 함께 기울기
어두운 시대에는 함께 어둡기
쌍화를 팔지 않는 카페, 그러나
스스로 쌍화가 될 사람들, 이윽고
축축한 시대에 뿌리를 내리고 피운 붉은 꽃들
깃처럼 가벼운 육체만이 꽃이 될 수 있다네
그러나 기억하라
어두운 시대는 어두운 삶을 낳는 법
어두운 삶은 어두운 노래를 낳는 법
오늘이 이토록 어두웠음을
낮아서 낮아서 기쁠 수밖에 없었음을
그들은 이 지독한 꽃의 시대를
노래를 보고 가늠하리라

겨울 아침 이야기

왜, 그런 겨울 아침 있었잖은가
늦은 아침 햇살 노랗게 마당 어귀에 들 때
수건 목에 걸치고 축담 내려서
고무신 대충 꿰어 물가로 가던
그때 우리 추웠던가
살얼음이라도 언 물가에서 펌프로
지하수 퍼올려 양은 세숫대야에 받으면
김이 모락모락 나던
물 묻은 우리 목덜미에서도 김이 모락모락 나던
그래도 푸파푸파 소리내며 얼굴을 씻고
뽀드득 소리나게 손을 씻던
싸구려 비누가 서늘히 향기롭던
젖은 수건 한 장으로 온 식구가 돌려 닦던
그런 맑디맑은 겨울 아침 말이야
더운 물 사정없이 뿌리며 매일 샤워하는
겨울 없는 아파트 욕실에서
문득 그런 겨울 아침이 생각났다네

이 판이 문명의 승리이든 돈의 승리이든
뭐 누군들 편안한 것이 싫기야 하겠냐만
유리 이쪽에서 반팔로 서서
얼음 세상 내다보는 것이 왜 통쾌하지 않겠냐만
연탄 한 장으로 긴 밤을 나던
추울수록 사람들이 다정하고 그립던
그래서 한방에 모여 자던
보일러보다 사람 덕에 따뜻하던
그런 겨울날의 전설들이 요즘은 더 생각난다니까

거기, 그들

아무도 믿지 않겠지만 아직도 거기에 그들이 있지
그대가 이제라도 믿으면, 그리하여 오늘 저녁
기억 속의 그 술집에 들른다면
진정으로 그러기를 원한다고 마음으로 중얼거리면
스무 해 전의 노래를 다시 들을 수 있네
싼 담배 연기 가득하고 연탄난로가 위험하게 따뜻한 곳
백열등 아래 등받이 없는 나무 의자에 비좁게 앉아
냄새나는 탁한 술을 나누며 쏟으며 어김없이 옷에 묻히며
노래하고 다투고 다시 부둥켜안고
하룻밤 새 독재정권을 타도하고 조국을 통일하고
민중을 해방시켜버리던 사람들
문닫는 술집 앞에서 아주머니에게 사정하고
돌아서 후배들에게 버스값을 나누어주고
무슨 미친 소리냐고 지금 그대 웃지만
동무야 잊었는가, 밑천 없이 나이로만 살던 날들
그 남은 힘으로 스무 해를 밀고 온 것을
금싸라기 같은 나날들이 흘린 빛으로 길을 찾아온 것을

거기, 그들을 잊지 않으면 오늘의 이 남루는 하찮기만 할 뿐

분당에 내린 마지막 눈

그 겨울 분당에는 마지막 눈이 내렸다 나는 아직 그곳을 기억한다 내 유배지의 풍경 분당에도 잘생긴 사람들과 곧은 나무들이 있었다 그러나 내 나른한 머릿속을 깨우지는 못했다 다들 뿌리가 뽑힌 지 오래지 않은 것들 그때 나는 너무 지쳐 있기도 했으나 무엇보다도 유배중이지 않았던가 뿌리째 뽑혀

외출할 수 없었다 큰 감옥 많은 방 대부분은 수인이 없어지은 후 줄곧 비어 있었다 꼭대기 높은 방에서 나는 매일 손톱과 수염을 깎으며 견디었다 자주 다짐하면서, 죽기 전에 꼭 한 번 멋진 외출을 하겠다고

그 겨울 분당에는 마지막 함박눈이 왔다 내 높은 방 흐린 창으로 보았다 무수한 눈들은 낮은 산을 뒤로 한 채 오른쪽 아래로 비스듬히 떨어졌다 내 눈의 조리개는 초점 바꾸는 데에 익숙하지 않아 눈앞의 눈과 멀리의 눈을 한눈에 보지 못했다 초점 흐린 곳에서 어떤 눈송이는 가만히 있기도 했고 거꾸로 오르기도 했다

아무튼 그 겨울 분당에는 마지막으로 많은 눈이 내렸다 이

른봄 이후 두번째였다 그후 분당에 눈이 내린 적은 없다 마지막 눈이 오고 며칠 후 나는 분당을 떠나 다른 감옥으로 갔다

그후 분당에 눈은 내리지 않았다 나는 소문을 믿지 않는다 나는 내가 있는 곳에 비가 내린다는 소문을 뙤약볕 아래서 들은 적이 있다 소문은 그런 것이다 나는 내가 있던 곳의 기후를 확실하게 안다 단지 그것만을, 오직 그것만은

그 겨울 분당에는 마지막으로 눈이 내렸고 나는 아무것도 남기지 않고 그곳을 떠났다 나는 분당이 변했다고는 생각하지 않는다 지금 나는 내가 분명히 살았던 높고 작은 감옥에 대해서만 분명하게 말하고 있다 마지막으로 눈이 내리던

분당에서 울다

분당에 살 때 티비를 보았어
그때 나는 그걸 보다가 심심하면 딱딱한 글을 쓰고
딱딱한 글을 쓰다가 심심하면 그걸 보곤 했지
분당을 떠나기 전까지 나는 아무것도 몰랐어

분당에 살 때 티비에서 도미노를 보았는데
이웃한 두 나라의 고등학생들이 실내체육관 가득
울며불며 도미노를 세우더라 그리고는
시간을 정해 쓰러뜨리면서 부둥켜안고 울더군
그중 한 나라 학생들은 내가 쓰는 말을 썼는데

얼마 후 분당을 떠나는 날 티비를 싸며 나는 깨달았지
여태까지 내가 살아온 것이 도미노 세우기였다는 것을
그것들이 이제 막 쓰러지려고 한다는 것을
그것들을 쓰러뜨려야 한다는 것을

내 도미노는 천천히 하루에 하나 정도씩 쓰러졌어

내가 반평생 동안 해온 짓이 고작 도미노 세우기였다니
슬로 비디오로 쓰러지는 내 도미노를 보며
도리 없이 나를 안고 울었어 세운 놈이 나니까

나는 이젠 아무도 안 믿는다
우러러보던 것들도 사랑하던 것들도 아끼던 것들도
다 쓰러졌어 내가 믿던 생각들이, 사람들이 다 무너지고 있어

내 인생에 다시 돌아갈 분당은 없겠지만
다시 세울 도미노도 없을 것 같은데
이제 아무것도 세우지 않지 나는 내가 마지막으로
세운 도미노 그 뒤에 눈감고 서 있을 따름

꿈, 낯선 별에서

밤길 걸었습니다 못 보던 나뭇가지 사이로 반달 두 개 보였습니다 흔들리지 않는 별 아래 흔들리는 그늘로 난 길을 따라갔습니다 문득 돌아보니 장엄해라, 방금 디딘 길이 한없는 수렁이 되고 있었습니다 얼마나 긴 시간 흘렀는지요 지평선 위에 있던 구름 얼른 다가와 비로 내립니다 이미 기억을 잃어 입은 옷도 낯설고 주머니의 수도 헤아리지 못합니다 언제 해는 져서 이렇게 깊은 밤일까요 저 달빛 차고 별빛 매서운데 세상에 따뜻한 집이 있었던가요

정든 동행은 없었던 듯 길을 고르는 데 거리낌이 없습니다 앉으려 하면 어디나 더러운 진창, 뒤에는 벼랑이 좇습니다 떠올릴 수 없을 만큼 가늘고 따뜻한 비 촘촘히 흩어져 머리를 데웁니다 달빛 차고 별빛 매서운데 어디 낮은 데서 훈훈한 김이 올라 이내 먼 곳을 가립니다 그러나 언제까지라도 이런 이상한 비와 김이, 바싹 마른 내일을 다 적실 것 같지는 않군요

이 이상한 곳에서 소리 내지 못하고 홀로 스러져가리라 예감합니다 발자국은 함부로 부스러지고 닮은 누구도 남기지

못한 채 스스로 벼랑이 되거나 수렁이 되겠지요 오래 그랬듯 많은 별 제자리에서 빛나고 앞으로도 오래 두 개의 달은 나란히 지고 또 뜰 것입니다 기억할 필요도 없이 해는 매일 쓸쓸히 질 텐데 아무것도 마음 아프지 않습니다 이렇게 달빛 차고 별빛 매서운데

까치밥

까치 주려고 따지 않은 감 하나 있다?

혼자 남아 지나치게 익어가는 저 감을 까치를 위해 사람이 남겨놓았다고 말해서는 안 되지 땅이 제 것이라고 우기는 것은 감나무가 웃을 일 제 돈으로 사 심었으니 감나무가 제 것이라고 하는 것은 저 해가 웃을 일 그저 작대기가 닿지 않아 못 땄을 뿐 그렇지 않은데도 저 감을 사람이 차마 딸 수 없었다면 그것은 감나무에게 미안해서이겠지 그러니까 저 감은 도둑이 주인에게 남긴 것이지

미안해서 차마 따지 못한 감 하나 있다!

盲目의 오늘

내일 무슨 일이 닥칠지 모르면서
나는 오늘, 저녁의 식탁에서 망설인다
자장면과 짬뽕에 대해 깊이 고민한다
내일의 날벼락이여, 橫厄이여
내일 무슨 일이 닥칠지 모르면서
모레를 약속하고 나는 꿈꾼다
간염 주사를 맞아야 한다고 자주 다짐하고
미래에 태어날 아이의 이름을 생각한다
내일 무슨 일이 닥칠지 전혀 모르고도
나는 오래 쓸 도장을 새기고 적금을 계약한다
공사장을 지나며 조감도를 유심히 본다
호프집 후배는 내게 매일 외상을 주고
어떤 학교에서는 다음 학기 시간표를 짜자 한다
내일의 날벼락이여, 橫厄이여, 虎食이여
대견한 오늘이여, 오늘의 盲目이여,

3부

거래

오른손이 퉁기는 멋진 기타를 듣기 위해
왼손이 줄 옮겨잡는 소리를 용서해야 하고
바이올린을 오래 듣기 위해
간혹 악보 넘기는 소리를 용서해야 하듯이
약간의 침묵을 견디어야 하듯이
바로 그것을 얻기 위해, 즐기기 위해서는
내놓는 무엇이 있어야 하지
당신 곁에 있기 위해
당신의 살을 느끼기 위해서는
당신의 허술함과 맹랑함을 용서해야 하고
살아가기 위해, 내 삶의 온전한 끝을 보기 위해서는
몸의 씻기지 않는 비린내와 머리의
지긋지긋한 어리석음을 용서해야 하지
참기 위해 견디기 위해 용서하기 위해서는
담배 연기로 날아가는 여생을 곁눈으로 봐줘야 하지

마음의 핵발전소

지금은 뚜껑을 잘 닫아두었군
그릇 안에서는 핵 융합 또는 분열
뚜껑을 단단히 조인 채
열기와 광기를 조금씩 꺼내 쓸 수 있다면
제대로 다스릴 수 있다면
아름다운 삶을 산다고 하지
존경받을 삶이라고들 하지

핵발전소는 차가운 물로
핵들의 욕망과 열기를 식히면서
조금씩 꺼내 전기를 만들지
뚜껑을 잘 닫아둘 수 있다고 하지

그러나 사람 일, 세상 일이
늘 뜻대로 되나
틈으로 조금씩 욕망이 샐 수도 있고
뚜껑이 뻥하고 터질 수도 있지

그러면 그대의 삶은 고약한 냄새를 풍기고
돌이킬 수 없이 망가질 테지
잠시 숨길 수는 있으나 그대는 알지
그대가 알므로 결국 남들도 알게 되지
소련에게 체르노빌이 그랬지

지상의 핵발전소는 허물 수 있지만
마음의 핵발전소는
허물면 내가 없어지니
이미 타고난 우라늄과 플루토늄 덩이를
어디다 어떻게 간수하나

복사나무는 오래 살지 못한다

봄날 지나친 적이 없는 자는
저 길가의 나무들
저 끔찍스럽고도 아름다운 몸짓이
무엇을 위한 것이었는지 알지 못하지
지금 저 나무들은 이를 꽉 물고 시간을 견디고 있는데
온몸의 물기를 빼고 세월의 추위와 맞서는데

얼핏 보아서는 배나무인지 사과나무인지 복사나무인지
또다른 과실나무인지 알 수 없지
사람들은 이곳을 차를 타고 급히 지나가거나
딴 생각을 하면서 더 가깝거나 먼 곳을 쳐다보거나
조만간 부딪힐 작은 싸움 또는 시시한 사랑에 정신이 팔려
머리를 처박고 걸어갈 따름인데

저 나무들은 날카롭게 하늘을 겨눈 채 세찬 바람과
그 근본을 두고 홍정하고 있다는 말이지
때가 되면 기억하는 습관을 가진 사람은 능히 볼 테니

저 나무들이 기나긴 홍정을 마치는 날
이상스런 붉은 꽃이 구릉을 가득 덮으면
이곳이 복사나무의 간절한 영토였음을 깨닫게 될 텐데

그래서 낡은 기억조차 오래 버리지 않는 사람은
바람 부는 시절마다 벌인 복사나무의 홍정에
그의 생명이 고스란히 걸려 있었음을 알게 될 텐데
자전거를 타고 지나던 나그네는 중얼거리지,
복사나무는 오래 살지 못한다, 목숨을 잘라 사랑을 피웠
으므로

내 안의 어린아이

노래하거나 울고 있다
나 이제 나이 먹어
마흔 해 동안 눈여겨본 어른들의 탈을 만들어 쓰고
남의 몸짓과 말투와 표정들을 흉내내지만
내 안의 어린아이 노래하거나 아니면 울거나
고작 사람으로 태어나, 겨우 사람밖에 못 되어
나를 다스리는 것은
자라기를 멈춘 아이,
아주 옛날의 나, 날것의 욕망
저가 보고 싶은 것만을 볼 뿐
얻으면 깡충깡충 뛰며 노래하고
얻지 못하면 그치지 않고 울 뿐
그런 어린아이 내 안에 있다
영원한 미망 내 안에 있다

나는 없다 성장은 없다
마흔 해의 밥과 반찬이 만든

질투에 사로잡힌, 숨찬 독서로 화장한

허깨비 같은, 아니 바로 허깨비

그 안에 잠들지 않는

무섭고도 한심한 아이,

낮잠 깨 엄마만 불러대는

울며 온 저자를 다 헤매는

갓 태어난 동생을 시샘하는

아직도 자신이 세상의 중심이라 착각하는

인생이라는 영화의 주인공이라 착각하는

깨어날 줄 모르는, 아무 가망 없는

철부지, 내 안의 어린아이, 바로 나

노래하거나 울고 있다,

오직 자신만을 아끼며

추락 연습

단풍나무꽃을 기억하는 사람은 드물다 그 꽃은
새잎이 날 무렵 잎 뒤에 숨어 잎과 같은 색으로 핀다
벌레들은 알고 모여들지만 사람들은 보지 못한다
그 꽃을 지나치며 본 것이 한 달 전이었던가
이천일년 오월 초순 다시 나는 본다 꽃은 지고
씨앗이 여물고 있다 부메랑처럼 생긴 대칭의 날개
그 씨앗 다 여물면, 물기를 깨끗이 버리고 가벼워지면
가지와 땅 사이를 가능한 한 오래 날아
태어난 뿌리에서 멀어지리라 다른 뿌리를 만들리라

이 시를 쓰기 위해 그 유에프오처럼 생긴
씨앗을 따 떨어뜨려보았더니 곧장 떨어진다 아직은
때가 아니다 물기를 더 버려야만 멀리 떠날 수 있다

너 거기 있느냐

너 거기 있느냐
그 몸 안에 너 있느냐
지난 어떤 생애를 우리는 함께 보냈던 것이냐
무슨 간절함이 우리를 다시 만나게 한 것이냐
그 몸을 처음 보나
마음 이렇게 반가운 것은
숨소리, 눈빛 하나 거북하지 않은 것은
그 안에 들어 있는 것이 바로
너이기 때문이 아니냐
눈을 통해 그 몸 깊이에서 너를 보리니
아아, 너를 이제 또 만나 무엇을 하겠느냐
이 어둡고 욕심 가득한 짐승의 몸으로
우리는 또 만나 무엇을 할 수 있겠느냐
그나저나 너는 정말 거기 있는 것이냐
그 몸 안에 있는 게 너 맞느냐
그 몸 안에 정말 너 있느냐

첫눈

첫눈 내려서 세상이 한 치쯤 높아지고
어둡고 깊은 곳조차 밝아지면
궂은 날 걸어온 먼 들길 돌아보며 선 나에게
일러주리라, 이제 잊어도 좋다고
묻혀도 좋다, 어지러운 발자국들
눈에 덮여 지상의 길들 분별이 없는데
얼굴을 돌려라 미련한 놈아 발길을 돌려라
부딪혀 녹는 눈으로 이마를 씻고
무섭게 높아지는 들녘으로 가던 길 이어 걸으면
저 논밭에 숨은 낟알들과 배추의 몸 잃은 뿌리들과
마음 잃은 언덕의 상수리와 떡갈의 가지들이
참아내는 계절의 중심을 볼 테니
첫눈으로 결심하라 맺지 못하면 흘러내릴 뿐
첫 추위로 결빙하라 차갑지 못하면 흩어질 뿐
지워져 흔들리는 길 위로
언젠가 첫눈 내려서 세상이 한 치쯤 가라앉으면

생일

누가 축하하면 보이지 않게 얼굴을 찡그렸다 겨울 초입 내 생일은 가끔 눈발 날리고 자주 추워서 나는 말을 아꼈고 아직 가지 못한 어디, 아직 얻지 못한 무엇, 아직 만나지 못한 누구를 더 생각했다 어머니는 이른 아침 미역국을 끓여 식구들을 궁금하게 하셨지만 수저를 놓은 후 나는 종일 거울을 보지 않았다 달력을 배운 이래 생일은 나 혼자만의 하루 문을 닫고 엎드려 무심히 아무 책장이나 넘겼고 혹 문밖에서도 아무에게나 시시한 오늘을 말하지는 않았다 사람들과 대개 다른 일로 술잔을 따르고 다른 일을 위해 소리 높여 건배했다 나는 호롱불 아래서 태어났던가 그때 나는 울었던가 내 생애는 찬란한 오색 촛불들과 어울릴 것인가 다시 맞을 어느 생일 한 번은 놓아주겠다 잠들 줄 모르는 눈과 몸의 욕망, 같잖은 꿈과 질투 때문에 평생을 여윈 영혼, 홀로 먼길을 보내며 그 하루를 위로하고 축하해주겠다

전언

길 가던 도사님 내 방에 오셨다
백발에 지팡이를 짚지는 않아서
금세 알아뵙지는 못했으나
무심코 차 한 잔 드렸더니
내 출생의 기호를 물으신다

마음 깊이 슬픔이 많아 혼자 있는 시간이 어둡고 차갑군요
유혹에 약한데 책 읽는 길을 택해 다행입니다
사람들에게, 여자들에게 다정했으나 다 떠났군요
이제 편해지실 겁니다 고생 많으셨어요

과연 그럴까?
내 방은 침묵의 밤바다에 떠 있는 배인 듯

그후 도사님 내 방 근처를 지나도
다시 들어오지 않으신다

그는 무슨 소식 전하러
청바지 입고 내게 왔나
알고 보니 그는 청학동에서 나온
늦깎이 한문교육과 일학년
댕기머리 자르고
부끄럽고 겸손하여 잠잠히 공부하시네
나는 그의 말과 눈빛 잊지 않고
향방 없는 밤바다를 잊지 않고

먼 별

이제 미움 너머로 그대를 사랑하리
함께 지낸 날들의 눈빛 잊지 않으면
그조차 먼 별이 되어 빛나네
비 오는 정오가 아닌, 노을 진 저녁이 아닌
짱짱한 햇빛 아래 서서 그대를 다시 보낸다 해도
더는 진땀 흘리지 않을 터 다만 잊지 마라
함께 다닌 많은 길들 골목들 집들 그 위 하늘들
가끔 걸으며 둘러보리니
그대 문득 돌아오는 날 또한 나 그곳에 있네
이제 욕망 너머로 그대를 사랑하리
이제 시간 너머로 그대를 사랑하리

서쪽에 집을 짓고

내 빈 손에 잡을 일 생기면
오전의 방황에 종착이 있다면
일터 서쪽에 집을 짓고
새벽마다 일어나 일터로 가리라
해 떠오르는 것을 보며

해와 함께 일을 하고
서쪽 집으로 올 때면
지는 해를 보리라
어떤 날은 노을이 좋아
자전거를 세워두고
어두워지는 세상을 오래 새기리라

서쪽 집에서 기다리는 사람아

그러나 오늘 나는 빈손
저 해는 오늘 져서 다시 뜨지 않을지 모르는데

석류를 산 내력

구례에서 밥 시간이 남아 한 시간의 여행을 계획한다 그 동안 쌀은 밥이 될 것이다 조금 전 출생을 탓하던 그 길로 노고단 턱 앞까지 차로 갈까요 초가을의 화엄사로 갈까요 갈림길에서 소설을 가르치는 김 선생은 길을 잘못 짚는다 나는 모른 척 화엄사로 차를 몬다

열 해 만에 화엄사에 왔다
그때 나는 얼마나 젊었던가
곁눈질로 보던 그녀는 또한 얼마나 젊었던가
오늘 그녀는 오지 않았다
그녀와 나는 일행이 달랐고
일행 속에서 따로 얼마나 명랑했던가
여행이란 그런 것, 일행이 아니면
온통 미래가 다르다네, 삶 또한 여행
모르는 너무 많은 사람들과 같은 세상을 살고 있다
그녀 옆모습을 오래 훔쳐보던 주차장 언저리에는
열 해를 더 자란 나무들 하나 내색 않고

그래도 삶은 즐겁다 처음 가는 곳이든 다시 가는 곳이든 시간을 가르며 사는 이승의 즐거움 두터운 슬픔을 감싼 얇은 즐거움 여전히 위태로운 석계를 오른다 각황의 궁궐 오르는 계단은 지나치게 촘촘하고 난간은 아예 없다 이런, 그러므로 이 때문은 시간의 돌층계를 가능한 한 천천히 오르시라 그리고 눈썹을 건드리는 시간을 즐기시라 그러나 잊지 마시라 한번 엎어지면 그로 이 삶은 끝장이니라 나는 한 시간의 여행을 끝내고 점심을 먹으러 가고자 한다 오늘 그녀는 없었고 나는 보석을 드러낸 석류를 산다 이미 썩어가고 있으므로 이 보석은 더욱 아름답다

통화

잘 지내시지요 자주 생각합니다……네 그럼요 저도 덕분에……물론이죠 아직도 피웁니다 구박을 많이 해요……세상이요……이젠 울지 않습니다……술을 별로 안 하니까요 술친구들도 없구요……그새 저는 취직을 했어요……삼 년 전에요 이젠 사회불만 세력이 아니에요 간사하지요……가까이 계셨으면 좋아하셨을 텐데……네……그렇다고 뭐 제가 다시 사람과 세상을 믿게 된 건 아니에요……이런 얘기 털어놓을 사람도 없어요……개새끼들로 그득합니다……남들 눈엔 저도 그렇겠지요……그럴수록 더 좋아져요……나무들요……그새 결혼했어요……맞습니다……책임지세요……그때는 다 말 못 할 사정이…… 글쎄요……그렇다고 해야겠죠……그거 한때의 기분 아닙니까……그저 오래 갔으면 할 뿐……벌써 그렇게 되었나요……이젠 아주 평범해진 셈이죠……그래요 좋아요……아니, 그때도 좋았습니다……후회하지는 않아요……오히려 후회스러운 건 허송한 이십대이지요……말씀처럼 여자들이란 참 부드럽고……조금은 알고 있었죠……몸만요……고맙습니다……그나저

나 계신 데는 어때요……아 그렇군요……그래도 괜찮으세요……모두 다……짐작과 다르네요……나무가 될 수도……그렇다면 생각이 달라지네요……언젠가 그곳에 가겠지요……혹시 아세요……알게 되면 연락해주십시오……그래도……그렇다면……오는 여름 전에는 꼭 산소에 가보겠습니다……물어서라도……아뇨 장례 때 못 갔잖아요……아시는 줄 알았는데……비가 올 거예요……왠지요……잘 지내세요……안 잊겠습니다……그러시다면 제 걱정 좀 해주세요

다시 만나리

꽃집 아줌마 내가 고른 카네이션 다발 다듬을 때
네댓 살 웬 꼬마 내게 걸어와 껌을 준다
그 껌 씹으며 손을 잡아주고
머리를 쓰다듬으니 녀석은 빠꼼히 나를 올려다본다
얘가 원래 뭘 남에게 잘 주나보군요
고 녀석이 아저씨한테 뭘 주던가요
꽃집 아줌마 고개를 갸웃, 그렇지 않다고 한다
꽃다발 받아들고 문 나서자
아이가 울기 시작한다 꽃집에 모인 한식구들
깔깔대며 재미있어하는데 나는 발길을 돌려
꽃집 문을 다시 연다 무엇이 녀석을
그렇게 울리는 것일까 밤 깊은 어버이날
나는 칠백 리를 달려
나를 낳아준 두 분께 왔는데
너는 무엇을 알아 울고 있을까
먼 옛날 우리는 한식구였을까
이미 한식구여야 했던 걸까

우리는 이렇게말고 달리 만나야 했을까

목놓아 우는 너를 보니

우리는 아마 살아서 다시 만나지 못하겠지

그치지 않는 울음을 들으며

나는 이승의 집으로 간다

사막이 되지 않기 위해
—故 김광석에게

우리는 더러 사막과 마주친다
그때 한 걸음을 내디디면 스스로 사막이 될 수 있다

술을 마시고 비틀거리며 혼자 밤길을 걸을 때 결국 노변에 주저앉아 꺽꺽거릴 때 자동차가 새보다 빨리 곁을 지나갈 때 믿었던 사람이 등을 보일 때 우산 없이 비를 맞을 때 느닷없이 욕설을 들을 때 아무도 나를 보고 웃지 않고 이름을 기억해주지 않을 때 내가 살아서 세상이 더 더러워졌다는 생각이 들 때 그럴 때 화를 내는 불길 너머로 흐르는 눈물 너머로 우리는 사막을 본다 내디디면 누구나 곧 한 필지의 사막이 된다

누군가 그를 불러 웃어준다면 그의 이름을 기억해준다면 떠난 이 그에게 돌아온다면 그의 손을 잡고 가슴을 보여준다면 그를 다시 길가 술집으로 데려가 함께 앉는다면 차를 세워 태운다면 우산 속으로 젖은 그를 들인다면 그가 있어 세상이 더 아름다움을 알려준다면 그 눈의 불길과 눈물을 거두어준다면 그는 사막으로 떠나지 않고 사막이 되지 않을 것이

다 더 늦기 전에 당장 오늘 누구를 위로해주지 않으면 그는 내일 사막이 될지 모른다

그가 사막이 되기 전에
내가 사막이 되지 않고 견디는 데에
그의 노래가 힘이 되었음을 전할 수 있었다면
그는 아직도 노래할까
그를 본 적도 없는 나는 오늘도
그가 남긴 푸른 노래를 들으며
사막을 아슬아슬하게 비껴가고 있다

한번 등 돌리면

1

등 돌린 후 다시 돌아보지 마라
등을 보이고 걷다가 다시 뛰어오는 일은
삶의 모독, 삶은 장난이 아니며
영화가 아니니까
등 돌리기 전에 가능한 한 신중하라
그러나 지나치게 시간을 끌지는 마라
적어도 시간을 끄는 인상을 적들에게 주지 마라
어차피 후회의 여지 없는 완전한 선택은 없으니까
잊지 말 것은, 후회 때문에 엎어지지 않겠다는
필생의 각오
자신과 나누는 피 흐르는 약속
가능한 한 냉정하고 신속하게 결정하고
필요하면 즉각 등을 돌려라, 영원히

2

어두워지면 누구나 혼자로 돌아가듯
언젠가 우리의 어깨동무도 풀어야 하고
오늘의 다정한 말과 손길은 끝이 있다네
그러므로 참과 거짓을 가리는 일은 쓸모가 없지
우리는 얼마나 얇은 얼음 위에서 봄을 맞고 있는 것이냐

3

지금까지 손가락 숫자도 못 되는 여자들을 사랑했으나
아무도 오늘 내 전화번호부에 남아 있지 않다
또한 내 손가락 숫자 조금 넘는 사람들을 존경했으나
마음을 다해 고개 숙일 사람은 이제 거의 없다
그들과 사이에 고운 말과 웃음은 허비되었다
이빨 숫자 정도 되는 사람들과 깊이 사귀었으나

돌아보면 벌레 먹지 않거나 덧씌우지 않은 관계는 남아 있
지 않다
현재 생존하는 사람 가운데 그리운 사람은 없다

4부

아름다운 진리

지금이 이십일세기인지 이천년인지는 중요하지 않습니다 다만 제가 태어나서 마흔번째 해를 살고 있다는 것이 중요하지요 태어난 후 마흔번째 봄 어느 오후 저는 南向의 창가에서 처마 아래로 드리운 따스한 햇살을 보고 있습니다 한가한 저는 그 햇살의 경계가 말할 수 없이 느리게 한쪽으로 움직이고 있는 것을 또한 또렷이 보고 있습니다 제가 한눈에 다 볼 수 없는 이 땅덩어리와 저 해의 움직임이 이토록 작은 제 눈앞에서 이토록 작은 마루와 책상에 흔적을 남기고 있군요 기적! 제가 책과 학교에서 배운 지식이 이론이라면 내 눈앞의 양달과 응달은 참으로 명료한 증명입니다 진리는 때로 참으로 아름답군요 이 아름다운 진리를 저만 보고 있습니까 혹 당신도, 저와 멀지 않은 곳에 계실 테니 저 햇살을 보고 계시는지요

밤의 소리

한밤 밀창 너머로 들리던 소리
문을 연다고 더 가깝지 않은 소리
귀로 온다기보다 멀리 그냥 있는 소리
절대적으로 나와 무관한 소리
호롱을 들고 뒷간 가던 시절에 들리던 소리
어떤 소리로도 완벽하게 가려지던 소리
언제나 겨우 들리던 소리
날카롭고 모난 것들이 무디고 둥글게 굴러가는 소리
소만한 귀뚜라미들이 천리 밖에서 울어대는 소리
갈대 부서지는 소리, 결국 그도 아닌 소리
키가 다 자라고는 한 번도 듣지 못한 소리
사랑을 믿던 시절에 듣던 소리
먼 별의 한 문명이 천천히 멸망하는 소리
소리가 없는 소리, 침묵의 울음소리
시간이 흘러가는 소리
사람들이 늙어가는 소리
나무가 자라는 소리

돌이 흙이 되어가는 소리
정령들의 소리, 지구가 돌아가는 소리
별빛이 십억 년을 날아오는 소리
아아, 그러나 무엇과도 닮지 않은 소리
도저히 소리라고는 할 수 없는 그 소리
이제는 평생 다시 듣지 못할

치명적인 바람

살갗에 닿아 아찔한 순간이 있지, 어떤 바람
그 바람을 말로 옮길 수 있을까
이를테면 초가을 늦은 하오
숲으로 걸어갈 때 내 곁에 아무도 없을 때
슬쩍 옆 이마 또는 어깻죽지를 건드리고 가는
속눈썹을 미세하게 흔드는, 서늘하고 아득한,
흐르는 무엇을 몸으로 겪는, 두렵고도 매혹적인
어느 곳 어느 때로 나를 실어가려는 듯한
전생 어느 때 겪은 치명적 느낌
아니면 태어나 처음 숨쉬던 느낌일까
기억해낼 수는 없지만
내 생애 전체를 뒤흔드는, 아니면 뒤흔들 듯한
언젠가 꼭 뒤흔들었던 것 같은
기다린다고 곧 또 오지 않는 그런 바람이 불면

숯

불을 꽃이라 여긴 시절이 길었다
스스로 저와 같은 꽃이 되기 위해
장작을 말리는 불길
다시 장작을 태우는 불길
그 한가운데 숨죽인 뜨거움을
얼굴이 데도록 들여다보며
그 곁에 나를 누이며 위에 쌓으며
꿈꾸었다, 순간에 세월을 결판내는
열정과 소멸과 변신과, 또는
그것들을 비웃는
세월을 도로 비웃는
종내는 내 삶까지 비웃는 용기 그리고
그로 말미암은 휘황한 최후
몸을 빛과 뜨거움으로 환산하고 사라지는
최후의 꽃

이제 쉬고 싶다

잠시 멈추고 싶다
마침내 내 몸이 가장 뜨거워졌을 때
더 늦기 전
그 즈음에서 오지게 찬물을 뒤집어쓴 후
가끔 김과 연기를 섞어 내쉬며
가만히 기다리고 싶다, 더 가끔 사그락 소리내며
검게 더 검게
무엇도 아닌 듯이 입 다물고
언젠가 새로 타오를 일을 잊지 않으며
삼엄한 순간을 기다리는
기다리는 무엇이 되고 싶다

내가 타오르기를 열망하던
한때 타오르던 무엇이었다는 사실을
아무도 기억하지 못할 때
다시 활활 타올라
결코 더 탈 수 없는 하얀 재로 살랑일 테니

지금은 평온하게 쉬고 싶다, 검은 숨 쉬고 싶다

•

내 생애의 무지개

저 동쪽 낮고 먼 마을에 두 다리를 내어걸친
방금 비 그친 해질 무렵, 무지개를 보았네
나는 급히 길을 멈추고 담뱃불을 붙였다네
어떻게 저 놀라운 것을 나 혼자 보고 말 수가 있나
걱정 많은 나는 세상 사람 아무도 모를 것 같아
여기저기 전화를 거는데 혹 받지 않기도 하고
혹 쓸데없이 잘난 체 말고 빨리 그리 오라고 하네
아니, 잘난 체가 아니라 말이지,
지옥의 하찮은 술 약속 때문에
저 보기 힘든 것을 그냥 지나칠 수 있나
태어나서 여태껏 나는 무지개를 네댓 번만 보았으니
남은 생애에 또 그 만큼밖에 보지 못할 텐데
이, 나무들만이 제 빛을 지키는 흑백의 지옥에서
저건 스쳐가는 하늘나라의 빛깔
조심스러워라 구름이 조금만 옮겨도 이내 사라지고
내가 한 발만 옮겨놓아도 보이지 않을 수 있네
나는 이 세상에 생기고 지는 고운 것들을 다 볼 수 없고

곱고 아름다운 것들이란 언제나
예기치 않는 순간에 잠깐 왔다 가는 것이어서
나는 다만 담배 하나 더 꺼내며 바라볼 뿐이었다네

오래 바다를 보니

물에 배 지나간 자리
없다고 누가 함부로 말했나

배 지나간 후
흔적은 더 크게, 오래 출렁거린다
섬 사이로 배는 작아지고
발동기 소리 다 흩어져도
바다는 그 자리를 기억하려고
흔적이 온 바다를 뒤덮게 하는데

일어서 눈 크게 뜨면 볼 수 있다
저 푸른 술렁임의 한가운데로
오래 전 배 한 척 지나갔음을
상처는 아물어도
기억과 고통은 다른 곳에서 뒤척이는 법

모든 바다가 잠들지 못하는 이유를

남해에 와서 안다

잠들지 못하는 많은 것들아

하룻밤에 섬 하나씩 밀어올리며

마침내 바보가 되다

시동을 끈다 나는 출근을 완료하였다
차 안의 쓰레기를 모아 한 손에 들고
또 지난밤 집에서 뒤적이던 책들을 다른 손에 들고
차 문을 닫는다 또한 나는 하차를 완료하였다
현관에서 한 손에 든 쓰레기를 버리고
다른 한 손에 든 책들은 그대로 들고
계단을 천천히 걸어 삼층까지 올라와
긴 복도를 걸어 끝에서 두번째 내 방 문 앞에 선다
주머니에 열쇠가 없다

이를테면 이럴 때
나는 더이상 스스로한테 또는 세상한테
짜증이나 화를 내지 않는다
내가 무겁게 들고 온 것들을 고스란히 든 채
아무 일도 없었던 듯이 오던 길을 돌아간다
이 무거운 것들을 어디 잠시 내려두고
가벼이 다녀올까 마음 쓰지 않는다

긴 복도를 걸어나가서는 계단을 내려가고
주차장을 천천히 걸어가 차에서 열쇠를 꺼낸다
아주 담담하게

다시 걷고 오르고 걸어
복도 깊숙한, 끝에서 두번째 방 앞에 섰을 때
그 방이 내 방이 아니라 아래층의 같은 자리
다른 동료의 방일지라도
태연하게 돌아서서 걷고 오르고 걷는다

만세, 나는 드디어 완전한 바보가 되었다
완전한 바보가 되지 않고는
완전한 바보인 나를 참을 수 없다
얼마나 오랫동안 완전한 바보이기를 꿈꾸어왔던가

끝나지 않는 노래

아직 끝나지 않았습니까
꼭 끝난 줄 알았네
이 노래 언제 끝납니까
안 끝납니까
끝이 없는 노랩니까
그런 줄 알았다면 신청하지 않았을 거야
제가 신청한 게 아니라구요
그랬던가요 그 사람이 누굽니까
이해할 수 없군
근데 왜 저만 듣고 앉아 있습니까
전 이제 지긋지긋합니다
다른 노래를 듣고 싶다구요
꼭 듣고 싶은 다른 노래도 있습니다
기다리면 들을 수나 있습니까
여기서 꼭 듣고 싶은데, 들어야 하는데
딴 데는 가지 못합니다
세월이 남지 않았기 때문입니다

제발, 이 노래 좀 그치게 해, 이씨

불빛, 그리움

저 집
땅거미가 오면 대문에 불을 켜네
낮 동안 집 나간 식구들
다 돌아올 때까지 불을 켜두네
집 떠난 식구들에게 저 희미한 노란빛으로
집이 여기 있음을 표하네
그대를 기다린다고 말하네

내게도 언젠가 나를 기다리던
저런 집, 저런 식구들이 있었던 것 같네
저 집이 어느 인생의 내 집이었던 듯하네
저 집 초인종을 누르고 싶네
누생 내 영혼이 만난 좋은 사람들 모두
저 집에 살아
나를 반갑게 맞아줄 것 같네

■ 해설

살아 있는 현재의 구현과 향유

홍용희(문학평론가)

이희중의 시적 어조는 단호하면서도 부드럽고 냉철하면서도 천진스럽고 엄정하면서도 고적하다. 그러나 이러한 제각기 서로 대위되는 요소들은 그의 성정의 다양한 층위에서 비롯되는 것이 아니라 '지금, 여기'의 삶의 가치와 의미를 직시하고 발견하고 향유하고자 하는 동일한 목적을 향한 과정의 산물이다. 이를테면, 그는 스스로 자신과 세계에 대한 단호하고 냉철하고 엄정한 태도의 견지를 통해 부드럽고 천진하고 고적한 자신의 초상과 인생사의 본성을 찾고 향유하고자 한다. 그렇다면, '지금, 여기'의 삶의 지평을 획득하는 가장 긴요한 방법론은 무엇일까? 여기에 대한 그의 인식은 직선적인 목적론적 시간관(linear time)의 굴레에서 벗어나

실존적 시간관(vertical time)을 확립하는 데에 있는 것으로 보인다. 직선적인 시간관에서 현재의 삶의 지평은 미래의 시간성에 의해 도굴되고 붕괴되는 숙명을 되풀이하기 때문이다. 실제로 세계의 지배질서는 내일의 안위와 행복이라는 명분 아래 끊임없이 오늘의 희생을 강요해왔다. 그리하여 정작 우리의 일상은 오늘의 삶의 가치와 의미를 구가하지 못하는, 텅 빈 시간성의 반복만으로 전개되어왔던 것이 사실이다. 이희중은 이러한 현실상황의 틈새에서 "오늘의 노래"를 싱그러운 화음으로 노래하고 있다.

> 심야에 일차선을 달리지 않겠습니다
> 남은 날들을 믿지 않겠습니다
> 이제부터 할 일은, 이라고 말하지 않겠습니다
> 건강한 내일을 위한다는 핑계로는
> 담배와 술을 버리지 않겠습니다
> 헤어질 때는 항상
> 다시 보지 못할 경우에 대비하겠습니다
>
> 아무에게나 속을 보이지 않겠습니다
> 심야의 초대를 기다리지 않겠습니다
> 신도시에서는 술친구를 만들지 않겠습니다

여자의 몸을 사랑하고 싱싱한 욕망을 숭상하겠습니다
건강한 편견을 갖겠습니다
아니꼬운 놈들에게 개새끼, 라고 바로 지금 말하겠습니다
완전과 완성을 꿈꾸지 않겠습니다
그리하여 늙어가는 것을 마음 아파하지 않겠습니다
다만 오늘 살아 있음을 대견해하겠습니다
어둡고 차가운 곳에서 견디기를 더 연습하겠습니다
울지 않겠습니다

—「오늘의 노래 — 故 이균영 선생께」 전문

이 시의 내용은 "남은 날들" "건강한 내일"에 대한 부정에서 시작된다. 실상 "남은 날들"과 "건강한 내일"이란 언제나 유예의 공간 속에 사는 부재의 세계가 아닌가. 그렇다면, 우리의 일상이란 신기루 같은 미래에 포박된 형상을 하고 있지 않은가. 끊임없이 유예되는 "내일"로 인해 정작 살아 있는 오늘의 현재성을 소실하고 있지 않은가. 화자는 요절 작가의 주검 앞에서 문득 미래의 시간성을 좇다가 결국은 현재도 미래도 없는 절대적 무시간성(죽음)의 세계로 사라지는 삶의 양식에 대한 근본적인 성찰과 아울러 이를 자신도 되풀이하고 있음을 냉철하게 각성하고 있다. 그래서 그는 "않겠습니다"와 "하겠습니다"의 의지를 단호한 화법으로 분명하게

구분하여 계열화하고 있다. 전자는 "건강한 내일"에 대한 믿음의 이데올로기를 토대로 형성된 사회적 관습, 금기, 관행 등의 상징적 질서체계에 대응되고, 후자는 살아 있는 오늘의 현재성이다. 시상의 전개가 지속될수록 전자의 부정의지가 후자의 억압되어 있던 현재성의 가능태를 해방시키고 있다. 화자는 미래의 허상에 의해 강요되었던 허위와 위선의 무거운 옷을 벗고 "여자의 몸을 사랑하고 싱싱한 욕망을 숭상하"고 "아니꼬운 놈들에게 개새끼, 라고 바로 지금 말하겠"다고 큰 소리로 외친다. 미래의 환상에 대한 이데올로기의 부정을 통해 현재적 삶의 지평을 소생시키고 있다. 여기에 이르면 독자들 역시 점차 마음으로부터의 일탈의 해방감과 신생의 기운을 느끼게 된다. 미래의 시간성을 중심으로 배치된 가치질서가 현재의 시간성을 중심으로 재배열되고 있기 때문이다. 이제 화자의 앞에는 연속적인 현재가 펼쳐진다. 즉 유예를 통해 존재하던 미래가 또다른 현재로 거듭 탄생한다.

어쨌든 시간이 흐른다는 것은
얼마나 다행스러운가 또 새로운 오늘 밤이 기다린다네
—「카페 쌍화점에서 — 낮은 시대는 낮은 노래를 키운다」 중에서

화자에게 세월의 흐름은 또다른 오늘을 맞이하는 일이 된다. 그리하여 그는 더이상 시간의 종속자가 아니라 시간 체험의 주체이며 지배자가 된다. 이것은 곧 삶의 주체가 외부 세계가 아니라 시적 화자 자신임을 가리킨다. 즉 시간의 질서가 화자의 내생적 삶 속에서 현현되고 있는 것이다. 그래서 그에게 세계의 가치질서는 자신의 주체적인 인식과 사유에 입각하여 재구성되고 조정된다.

1) 제가 책과 학교에서 배운 지식이 이론이라면 내 눈앞의 양달과 응달은 참으로 명료한 증명입니다 진리는 때로 참으로 아름답군요 이 아름다운 진리를 저만 보고 있습니까

—「아름다운 진리」 중에서

2) 신발을 벗고 그대가 환하고 거룩한
금빛 부처와 보살을 알현할 때
나는 심우도를 곁눈으로 보며 높고 큰 가람 뒤로 간다
물건이 크면 그늘도 깊은 법

(……)

그대는, 아직 웃음을 다 배우지 못한 나를
일으켜세워 남은 길을 재촉해도 좋고
같이 주저앉아 눈을 감아도 좋다
그대의 부처와 내 부처가 같아도 좋고
서로 달라도 상관없다
이곳에서 시간은 오래 전부터 고여 있는 것이 확실하다

—「대웅전 뒤편에 앉다」 중에서

시간의 화살이 자신의 현재적 삶에서 발현된다는 것은 세계를 인식하는 가치 척도가 자신의 내생적 삶의 과정에서 비롯된다는 것을 뜻한다. 그리하여 그가 인식하는 진리는 학교에서 배운 선험적인 "이론"이나 편견의 권위에 의존하지 않는다. 그에게 진리는 '지금, 여기' 삶 속에서 확인되는 명료한 증명을 통해 인식된다. 다시 말해 "아름다운 진리"란 '지금, 여기'에서 섬세하게 보이고 들리고 느껴지는, 살아 있는 실체인 것이다. 그래서 시인은 시 1)에서 "南向의 창가에서 처마 아래로 드리운 따스한 햇살"로부터 "아름다운 진리"의 숨결을 깊이 감득하고 있다. 시 2) 역시 화자의 고유한 삶과 사고의 방식이 표나게 드러나고 있다. 그는 "금빛 부처와 보살"이 염력을 뿜어내는 대웅전의 정면을 뒤로 하고 그 반대편의 그늘진 곳으로 발길을 돌린다. "더러 쓸모 잃은 집기가 쌓여 / 거미의 寓居가 된 폐허"의 지대가 일러주는 "음지의 섭리"에서 그는 부처의 목소리를 감득한다. 부처의 처소가 대웅전이라는 통상적인 사고에 미세한 균열이 생기고 사고의 전복이 이루어지는 대목이다. 마지막 부분에서 "그대의 부처와 내 부처가 같아도 좋고 / 서로 달라도 상관없다 / 이곳에서 시간은 오래 전부터 고여 있는 것이 확실하다"라는 진술은 대웅전의 그늘진 뒤편에서 느껴지는 선기(禪氣)가 굳이 부처의 목소리가 아니어도 좋다는 의미를 담고 있기도 하다. 여기에는 부처는 이미 부처인가 아닌가 하는 물음 밖에 존재한다는 자재로운 세계관도 한몫을 하고 있다. 화자는 다만 "오래 전부터 고여 있는" "시간"의 웅혼한 깊이에서 삶의 유현한 숨결을 감지하게 된다는 의미 자체를 강조하고자 한다.

그의 이러한, 자신의 주체적인 삶의 방식에 대한 새로운 추구는 결국 자신의 본질적 초상에 대한 발견과 성찰로 나아가는 과정이기도 하다. 탈인격적인 객체적 시간관의 부정과 체험적인 의식의 주관적인 시간관의 확립은 점점더 본질적 자아에 대한 명징한 발견과 구현으로 구체화된다.

노래하거나 울고 있다
나 이제 나이 먹어

마흔 해 동안 눈여겨본 어른들의 탈을 만들어 쓰고
남의 몸짓과 말투와 표정들을 흉내내지만
내 안의 어린아이 노래하거나 아니면 울거나
고작 사람으로 태어나, 겨우 사람밖에 못 되어
나를 다스리는 것은
자라기를 멈춘 아이,
아주 옛날의 나, 날것의 욕망
저가 보고 싶은 것만을 볼 뿐
얻으면 깡충깡충 뛰며 노래하고
얻지 못하면 그치지 않고 울 뿐
그런 어린아이 내 안에 있다

—「내 안의 어린아이」 중에서

이 시에는 두 명의 자아가 등장한다. 한 명은 40대 어른의 나이고 또다른 한 명은 "얻으면 깡충깡충 뛰며 노래하고/얻지 못하면 그치지 않고 울 뿐"인 어린아이의 나이다. 물론 나의 일상적 표정은 전자의 모습을 하고 있다. 그러나 실제 "나를 다스리는 것"은 "자라기를 멈춘 아이"이다. 나의 일상의 표정이란 "마흔 해 동안 눈여겨본 어른들의 탈"을 쓴 것에 다름아니다. 즉 나의 현실적 삶이란 외부세계가 만들어놓은 타성적인 시나리오에 순응하는 것에 비견된다.

이렇게 보면, 그가 "싱싱한 욕망을 숭상"하고 "아니꼬운 놈들에게 개새끼, 라고 바로 지금 말하겠습니다"라고 전언하는 "오늘의 노래"는 곧 가장 순수하고 정직한 "내 안의 어린아이"의 목소리임을 확인할 수 있다. 그러나 외부세계의 상징적 질서체계는 끊임없이 "내 안의 어린아이"의 출현을 억압하고 감금하고 추방하려고 한다. 다시 말해 "오늘의 노래"의 통용을 금지시키려고 한다. 그래서 시인은 이러한 외부의 횡포성에 대응하여 다음과 같은 주도면밀한 자기 방어 전략을 세우지 않으면 안 된다.

네가 나를 안으려고 한다면
나는 지금, 여기 가만히 서 있을 것이다
네 손이 내 어깨에 닿을 때까지
가슴을 떨며, 맥박을 서두르며 기다릴 것이다

네가 나를 쏘려고 한다면
나는 민첩하게 지금, 여기서 다른 곳으로 피할 것이다
그리고 네 손가락이 움직이기 전
내 손가락을 먼저 움직일 것이다

네가 장차 내게 무엇을 하려는지 잘 알 수 없다면

나는 지금, 여기서 어두운 곳으로 천천히 몸을 옮길 것이다
한시도 네게서 눈을 떼지는 않을 것이다

—「맹수」 전문

화자는 스스로를 "맹수"로 무장하고 있다. "네 손가락이 움직이기 전/내 손가락을 먼저 움직"이는 냉철한 맹수의 민첩성을 갖추지 않고서는 현실계의 상징질서 속에 쉽게 복속되어버리기 때문이다. 그래서 그는 허구적인 미래의 시간성을 정점으로 이미 부챗살처럼 형성된 억압적인 관행, 금기, 금제들의 그물망으로부터 자신을 지키기 위한 전략을 치밀하게 세워야 한다. 그가 늘 "가슴을 떨며, 맥박을 서두르며" 고독한 맹수처럼 살아야 하는 까닭이 여기에 있다.

한편, 위의 시의 구성이 격전을 앞둔 전운의 긴장감 속에서 전개되고 있지만, 그러나 순백하고 천진스런 정조가 이면에서 배어나오는 것 또한 사실이다. 그것은 바로 "내 안의 어린아이"의 순정한 정서가 배면의 창작 주체이며 동인으로 작용하기 때문인 것으로 해명된다. 또한, 여기에서 주목할 것은 그를 긴장시키는 "적"은 외부세계의 상징질서 체계를 통해서만 출현하는 것이 아니라는 점이다. 자신 속에 내재된 생활습속과 지나치게 온정적인 인간적 관계에 대한 믿음 또한 여기에 모두 포팔된다. 다시 말해, "내 안의 어린아이"

(「내 안의 어린아이」)에게 상처를 주는 모든 행위 일체가 "적"들에 포함된다.

등 돌리기 전에 가능한 한 신중하라
그러나 지나치게 시간을 끌지는 마라
적어도 시간을 끄는 인상을 적들에게 주지 마라
어차피 후회의 여지 없는 완전한 선택은 없으니까
잊지 말 것은, 후회 때문에 엎어지지 않겠다는
필생의 각오

(……)

어두워지면 누구나 혼자로 돌아가듯
언젠가 우리의 어깨동무도 풀어야 하고
오늘의 다정한 말과 손길은 끝이 있다네

—「한번 등 돌리면」 중에서

"어두워지면 누구나 혼자로 돌아가듯", 모든 인간관계는 끝을 전제로 시작되고 진행된다. "개중 몇이 당신과 고향이 같거나 다닌 학교가 같음을 우연히 알아 평생 같은 편인 운명을 단단히 믿으며 수시로 밀담과 음모를 나누었다 한들"

(「결국 제 길을 간다」) 그것을 완전한 동지적 합일의 서곡으로 생각해서는 안 된다. "당신과 사람들 사이의 무엇"도 세월의 물결 앞에 부식되고 와해되지 않는 것은 없다. 그럼에도 그 동안 우리는 맹목의 믿음 앞에서 얼마나 많은 배반의 고통과 좌절을 거듭했던가. 그래서 화자는 누구나 "결국 제 길을 간다"는 사실에 대해 "오늘의 다정한 말과 손길은 끝이 있다"고 다양한 현실의 세목을 들어 힘주어 강조하고 있다. 물론 이때 끝이란 대부분 마지막 단절의 찰나적 상처를 낳는 데 그치는 것이 아니라 지속적으로 삶의 숙명적 비감과 고통을 짐 지운다. 이를테면, 다음 시편과 같은 경우의 상황이다.

> 오늘 그녀는 오지 않았다
> 그녀와 나는 일행이 달랐고
> 일행 속에서 따로 얼마나 명랑했던가
> 여행이란 그런 것, 일행이 아니면
> 온통 미래가 다르다네, 삶 또한 여행
> 모르는 너무 많은 사람들과 같은 세상을 살고 있다
> 그녀 옆모습을 오래 훔쳐보던 주차장 언저리에는
> 열 해를 더 자란 나무들 하나 내색 않고
>
> —「석류를 산 내력」 중에서

오늘의 여행에 그녀는 분명 왔지만, 그러나 화자의 곁에 그녀는 없다. 그녀는 옛날처럼 화자의 일행이 아니라 타인의 일행이 되어 나타난 것이다. 화자는 그녀와 자신이 "온통 미래가 다르"고 "삶 또한" 그러하다는 사실을 새삼 확인하게 된다. "결국 제 길을"(「결국 제 길을 간다」) 가는 이별의 고통은 세월과 함께 점점더 선명하게 가시화되어 나타나는 것이지 사그라지는 것은 아니다. 이별과 함께 깨어진 영혼의 상처는 세월 속에서 복원되는 것이 아니기 때문이다. 그래서 화자는 "사람 좋은 당신이 한철 믿어 의심치 않"은 일은 반드시 일생을 안고 가야 하는 상처를 대가로 지불해야 한다고 전언하고 있는 것이다. 그렇지만, 일생에 걸쳐 동반자적 삶을 영위하는 경우도 분명 있지 않은가? 약간은 장난기가 섞인 이러한 질문 앞에 시인은 다음과 같은 시를 내보인다.

당신 곁에 있기 위해
당신의 살을 느끼기 위해서는
당신의 허술함과 맹랑함을 용서해야 하고
살아가기 위해, 내 삶의 온전한 끝을 보기 위해서는
몸의 씻기지 않는 비린내와 머리의
지긋지긋한 어리석음을 용서해야 하지

—「거래」 중에서

"당신의 살을 느끼"며 "내 삶의 온전한 끝을 보"는 행복을 구가하기 위해서는 "당신의 허술함과 맹랑함을 용서해야" 하고 "몸의 씻기지 않는 비린내와 머리의/지긋지긋한 어리석음을 용서해야 하"는 대가를 지불해야 한다. 세상사에는 어느 곳에도 "거래"의 논리가 적용되지 않는 곳이 없다. 그래서 세상에서는 한시도 "맹수"의 긴장을 놓칠 수가 없다. 사면이 온통 "나를 쏘려고"(「맹수」) 하는 적들로 가득하기 때문이다. 이러한 정황은 화자가 "수유리"가 아닌 "수색"(「수색의 다른 나」)에서 살았다 한들 근본적으로 다르지 않다.

여기에 이르면, 마치 모든 세속의 인연에는 번뇌가 깃들여 있다는 불가의 잠언을 떠올리게 된다. 그렇다면, 바람직한 삶의 방법은 세상사의 인연의 다발을 자르고 초월하는 데에 있지 않겠는가? 그럼에도 불구하고, 그가 모든 세상사의 일에는 배반의 고통과 힘겨운 용서의 대가를 지불해야 한다는 명제를 거듭 강조하고 있는 실질적인 배경은 어디에 있을까? 다음 시편은 그 대답을 머금고 있는 것으로 보인다.

참 오래 썼습니다
한 뼘 되는 가위

지금까지 많은 종이들을 헤어지게 만들었지요
그리고 마침내 스스로 자석이 되었습니다
클립이나 작은 못쯤은 거뜬히 들어올리지요

—「참 오래 쓴 가위」 중에서

"가위"란 말할 것도 없이 거세와 단절의 상징성을 지닌다. 실제로 화자는 "한 뼘 되는 가위"로 지금까지 "많은 종이들을 헤어지게 만들었"다. 그러나 이렇게 자르는 행위가 어느새 붙이는 역할을 동시에 수행하고 있지 않은가. 가위가 사물을 끌어오는 자석이 되어 있는 것이다. "클립이나 작은 못쯤은 거뜬히 들어올리"고 있다. 반복되는 절연의 행위가 사실은 사물을 불러오는 과정이었던 것이다. 자르기와 붙이기의 대립적인 의미가 동일한 의미체계에 포개어져 통합되는 역설이 펼쳐지고 있다. 이희중의 시적 삶이 전개되는 자리가 바로 여기인 것으로 보인다. 그래서 이번 시집 전반의 정조에는 단호하고 냉철하면서도 고적하고 쓸쓸한 기운이 묻어나고 있었던 것이다. 결국, 그는 삶이란 만남과 이별, 희망과 좌절, 합일과 배반의 연속적 과정이라는 사실을 확인하고 있는 것으로 해명된다. 다시 말해, 그는 외부세계의 직선적인 시간질서에의 편입을 부정하고 자신의 시간을 주체적으로 관장하는 삶의 획득을 통해 인간 실존의 초상을 스스로 체험하며 조망하고 있는 것으로 보인다. 이것은 또한, 그가 살아 있는 현재성을 향유하는 실존적 시간관의 정립을 통해 인간 삶의 존재론적 비애와 고통의 연속성을 더욱 서늘하고 민감하게 정면에서 헤쳐나가고 있는 것으로도 해석된다. 그래서 "길 가던 도사님"의 다음과 같은 전언은 매우 정확한 진단으로 보인다. 그러나 과연 "이제 편해"질 수 있을까? "고생"이 과거형으로만 머무를 것인가? 이 부분은 아무래도 대부분의 도사들이 마지막에 그러한 것처럼 위안의 차원에서 언급하고 있는 것 같다. "참 오래 쓴 가위"가 절연의 기능만을 하는 것이 아니라 동시적으로 자석의 역할을 수행하기 때문이다. 그래서 다음 시편은 더욱 낮고 처연한 음성으로 들려온다. 물론 이는 "길 가던 도사님"의 예언에 대한 미심쩍음이 시인 자신에게만 해당되는 것이 아니라 우리 모두의 삶의 초상에도 고스란히 적용된다는 사정에도 기인할 것이다.

길 가던 도사님 내 방에 오셨다
백발에 지팡이를 짚지는 않아서
금세 알아뵙지는 못했으나
무심코 차 한 잔 드렸더니
내 출생의 기호를 물으신다

마음 깊이 슬픔이 많아 혼자 있는 시간이 어둡고 차갑군요

유혹에 약한데 책 읽는 길을 택해 다행입니다

사람들에게, 여자들에게 다정했으나 다 떠났군요

이제 편해지실 겁니다 고생 많으셨어요

—「전언」 중에서

문학동네 시집 61
참 오래 쓴 가위

1판 1쇄 | 2002년 4월 10일
1판 2쇄 | 2002년 6월 7일

지 은 이 | 이희중
책임편집 | 김현정 조연주 장한맘 손미선
펴 낸 이 | 강병선
펴 낸 곳 | (주)문학동네
출판등록 | 1993년 10월 22일 제22-188호

주 소 | 136-034 서울시 성북구 동소문동 4가 260번지 동소문빌딩 6층
전자우편 | editor@munhak.com
전화번호 | 927-6790~5, 927-6751~2
팩 스 | 927-6753

ISBN 89-8281-503-1 02810
* 잘못된 책은 바꿔드립니다.

www.munhak.com

* 이 책은 한국문화예술진흥원의 문예진흥기금을 받아 출간되었습니다.